Jannys KOMBILA

LA BRUNE DES GENIES

ROMAN

Jannys KOMBILA

LA BRUNE DES GENIES

ROMAN

© 2012, Kombila
Edition : BoD - Books on Demand
12/14 rond-point des Champs Elysées
75008 Paris
Imprimé par BoD - Books on Demand GmbH, Norderstedt, Allemagne
ISBN : 9782810624768
Dépôt légal : avril 2012

Père, me revoilà te témoignant cette pensée tabloïd de toi, dans cette existence lourde de sens…ici les maux ne s'écrivent plus en mots, et nos voix se perdent dans le voies opaques. Mais de là-bas, vois-tu les désarrois nôtres?

Jannys KOMBILA

Jusqu'au bout il faut espérer
Jusqu'au bout il faut aspirer
Jusqu'au bout il faut susciter
La flammèche qui brule en vous pour que demain on vous rende témoignage, et qu'on dise de vous : « le virtuose qui rime avec prose ».

Jannys KOMBILA

PRÉFACE

Le vol de l'aiglon le conduit toujours vers le nid de sa mère, le pas du lionceau vers la tanière de son père, de même, le pas frêle du fils de l'homme le conduit toujours vers les bras de sa mère.

Ce modeste texte de Jannys Kombila nous plonge dans cet univers devenu ésotérique, et mystique pour le simple observateur, et non plus acteur que nous sommes devenus. Une plongée dans cet univers qui régissait jadis la vie de nos aïeux, un univers sans lequel nous ne sommes. L'ouvrage présent de manière synoptique, et dans un style sobre qui reflète parfaitement le caractère de son auteur, cette philosophie ancestrale gravée dans chacune de nos mémoires; cette philosophie sans laquelle on ne peut véritablement trouver notre place dans ce processus de mondialisation, que notre nonchalance à réduit en un asphyxiant et suicidaire processus d'occidentalisation. Ce qui fait de nous, pourtant autrefois pourvoyeurs de connaissances, à l'époque où nous écoutions la précieuse voix des esprits de nos ancêtres, de vulgaires consommateurs de savoirs.

Ce texte est un chant, celui du joueur de Ngombi, et du diseur de Mvett qui éveille les consciences. Un chant d'éveil nous invitant non pas à danser un folklorique Tandima, mais à tirer dans chacun des pas du danseur, le substrat existentiel et universel qui nous permettra, idéologiquement de nous positionner, face aux problèmes de l'heure : développement durable, écologie, relations internationales, respect de l'autorité, bonne gouvernance, etc. C'est en nous tournant vers cette nature qui, si nous n'en prenons pas soin, finira par nous imposer son implacable loi, que nous serons véritablement compétitifs. Il nous faut donc répondre à l'invitation des génies de la forêt. Il nous faut aller à la rencontre de ces "éléphants blancs", qui détiennent le secret de la survie de notre faune et de notre flore, le secret de notre propre survie.

    J'espère que le lecteur trouvera en ce modeste texte, la lampe indigène qui, ce jour-là, éclaira le visage et l'esprit de Mikonga. Cette lampe qui dissipe les ténèbres, permettant ainsi de voir notre propre reflet dans le miroir et de nous réconcilier avec nous-mêmes. Les diseurs de Mvett diraient: "que les oreilles écoutent"… Que le lecteur écoute donc le cri des génies qui peuplent nos forêts, celui de ce nouveau-né qui hurle et attend que nous lui transmettions l'héritage qui nous a été légué.

Paris, le 26 mars 2012
Nyamoro Ollomo Ella Ngyema Ebang'a
Doctorant linguistique
Université Paris 3, Sorbonne Nouvelle.

Le jour s'en allait après un rude quotidien de labeur.

Les femmes commerçantes rangeaient soigneusement les dernières provisions sur le vieux quai du débarcadère, tandis que les pêcheurs entassés dans leur pirogue, ramaient vers le grand fleuve pour la pêche du soir.

Auréolée d'un clair de lune discret et trompeur qui caressait les rêves des palétuviers et des roseaux sauvages, la nuit glissait à travers bois et plaines couvrant fleuves et lagunes puis vint s'endormir près du petit village de Goundou.

Mikonga était assis sur son lit fait de bois et d'écorce de fromager.

Une lampe indigène éclairait son visage apeuré, qui laissait présager une méfiance blanche et craintive.

La nuit tomba, lente, timide, sourde, noire et mystérieuse. Elle enveloppa les nuages gris du ciel qui baladaient encore une petite clarté de diamant ou d'hélianthe couchant. Elle invita au chant de silence nocturne, les esprits des lueurs sombres à remplacer la vie des hommes.

Le petit village de Goundou plongé dans la nuit concave et sinistre revêtait un caractère mystique et ésotérique. Personne n'osait mettre le nez dehors et défier les ombres nocturnes qui se baladaient avec le vent et discutaient avec les lucioles et certains oiseaux nocturnes.
Mikonga était un de ces jeunes citadins qui venait de la grande ville de Djiman et faisait sa première expérience du village. Il était venu passer les vacances scolaires comme tout bon citadin, heureux de renouer avec la terre de ses ancêtres et de ses grand-parents.

La nuit était longue et pesante et le jeune garçon ne dormait toujours pas.
Il appréciait le concert spectaculaire que donnait la flamme de la lampe tempête qui éclairait sa chambre.
La flamme dansait, virevoltait, sautait, blanchissait avec éclat et chantait de toute sa luminescence, pour tenir en éveil le spectateur patient et fidèle qui ne perdait pas du regard sa cantatrice.
Puis la nuit s'éclipsa tout doucement emportant avec elle les rêves sombres et mystérieux du jeune garçon.

L'aurore s'installait dans les habitudes quotidiennes du village. Il s'annonçait par les cris stridents des coqs vieillis et des tisserins tapageurs, heureux d'avoir retrouvé la lumière du jour et l'air enjoué du matin.
Les femmes s'étant réveillées au petit matin avant le chant du coq, balayaient cours et cuisines. Elles lavaient et rangeaient la vaisselle de la veille. Récuraient marmites et cocottes aux bons plaisirs des poules et poussins qui accouraient dans la grande cour.
Mikonga vivait avec sa tante, Madjinou.
Cette dernière n'avait pas eu d'enfant.
Elle avait passé toute sa jeunesse dans les travaux champêtres et partageait ses journées entre la brousse et le village.
C'était une vieille femme très pieuse.
 Elle servait cependant avec passion et dévouement les rites et croyances ancestraux. Elle était réputée dans tout le village comme étant une grande guérisseuse, une charlatane aux pouvoirs mystérieux.
Mikonga s'était levé un peu tard et n'avait pas trouvé sa tante.
Elle s'était levée avant tout le village et était allée au ruisseau puiser de l'eau pour préparer le repas de midi.
La source était située à plusieurs kilomètres de la case familiale.
Et Mikonga n'osait jamais s'aventurer dans cette brousse sauvage pleine de périls.

Il n'avait pas pris son petit déjeuner quotidien.
Il aimait aller couper les cannes à sucre derrière la case et ramassait des cerises sauvages, fruits très appréciés par les chimpanzés et les gorilles du village.
Les heures passaient lourds et interminables. La vieille dame ne revînt toujours pas au village.
Inquiet, Mikonga alla trouver le chef du village qui était un ami de sa tante.
On l'appelait le vieux Ntsima Albert, c'était un vieillard sage et averti.
Il avait la réputation d'être un grand sorcier. Il était le chef coutumier du village, maître initiateur de la grande société sécrète de Bwiti, garant des us et coutumes, devin, et autres titres qui faisaient de lui le maître incontesté du village que l'on nommait aussi : « Le crépuscule des génies ». A cause des grands arbres faramineux qui peuplaient le village et la grande forêt obscure.
Il lui raconta son inquiétude quant à la disparition insoupçonnée de sa tante Madjinou.
Le vieux Ntsima consulta ses amulettes, dans une des pièces sombres de sa demeure, le petit garçon voulut l'accompagner mais il lui refusa l'accès et recommanda à ce dernier d'attendre devant la case. Il sortit peu après de sa pièce et

invita la plus âgée de ses épouses à lui apporter un peu de vin de palme.

Le chef recommanda au moutard de patienter jusqu'au dernier chant du coq qui rappelait les chasseurs du village partis à l'aube pour ramener de la viande de brousse.
Pour asseoir sa patience, le vieux Ntsima raconta à Mikonga une histoire qu'il tenait, dit-il de son arrière grand- père…

- C'est l'histoire de la tortue des marécages qui voulait connaître la forêt et les génies qui y vivent. Elle s'en alla un beau matin de chez elle et quitta sa famille tout triste mais le regard plein de fermeté. Elle mit sa détermination sur sa carapace et entreprit son aventure vers les savanes denses et les forêts périlleuses. Un jour, après des semaines de marches sans répit, elle rencontra un singe. Ils se lièrent d'amitié et décidèrent d'entreprendre le périple ensemble. Une nuit alors qu'ils se reposaient près d'une clairière pour reprendre des forces et poursuivre leur chemin. Le singe demanda à la tortue.
« Ma chère amie, voilà déjà trois jours que nous marchons dans cette grande forêt et tu ne m'as toujours pas dit le but de notre voyage ».
Alors la tortue lui répondit :

« Tu sais amis singe, on dit de toi que tu es le plus habile des animaux de la forêt de par la justesse de tes mouvements quand tu te balances avec dextérité et assurance d'arbre en arbre. Mais connais- tu seulement le secret du silence de la forêt, sais-tu pourquoi les génies ne se révèlent pas à la bête qui marche à quatre pattes le matin et se couche le soir à trois pattes. Sais-tu, qui, de cette bête immature et des génies, parle le langage de la vie. Et pourquoi le grand être suprême, celui qui marche dans le ciel et sur l'humanité entière n'a pas permis à cette bête de comprendre notre langage alors que nous animaux comprenons le leur ? ».
Alors le singe lui répondit :
« Non maintenant que tu m'en parles, je ne m'étais jamais interrogé sur tout cela…mais quelle importance puisque l'essentiel pour nous, animaux est de manger et de perpétuer chacun son espèce ».
La tortue lui dit :
« Tu as tort ami singe ! Tu as tort… nous avons tous une mission sur terre tout comme la bête qui marche à quatre pattes le matin et se couche le soir à trois pattes dans une hutte close. Moi, dame tortue, je vais à la rencontre des génies pour comprendre l'histoire de la vie. D'où nous venons, pourquoi nous naissons et où nous allons. »

Alors le singe harassé d'entendre la tortue lui enseigner la vie, lui dit :
« Tu réfléchis trop ma chère amie tortue !
Et tu sais il n'y a pas un aussi grand plaisir que de se régaler. Manger est la plus belle des choses qui soit. Mais, rassure- toi je t'accompagnerai jusqu'au bout de ton dessein. Au fait, où sont-ils ces génies, et à quoi ressemblent-ils ».
Et la tortue ravie que le singe s'y intéresse lui révéla :
« Ils sont fait de chair de la nature, ils sont eau, feu, air et terre ; ils habitent la nature et parlent le langage de la vie. Ils sont au commencement de la vie et sont les maîtres de la nature »…

Mikonga se laissait voyager par ce conte merveilleux que lui disait le vieux Ntsima qui en même temps jouait un air de harpe traditionnelle comme pour accompagner musicalement l'histoire mystérieuse et passionnante de la tortue et du singe. Soudainement, l'histoire fut interrompue par l'arrivé du premier chasseur qui sur ses épaules ensanglantées tenait un gros gigot de sanglier sauvage et un petit régime de banane.

Ce dernier s'approcha du chef Ntsima, le salua en baissant la tête, comme l'ordonnait la tradition et lui raconta qu'il avait fait face au cours de sa chasse, à un éléphant blanc qui avait la renommé dans le village, d'être un génie puissant de la forêt qui avait fait disparaitre le fils aîné du chef, il y a trois saisons.

Le vieux Ntsima éteignit sa pipe, cracha sa dernière bouffée sur le sol sec et aride mangé par la saison sèche accablante.

Il regarda trois fois le ciel et jeta de la terre par-dessus son épaule de gauche.

Il mit fin à la belle histoire qu'il contait à Mikonga et lui promit de la lui raconter très prochainement. Il se leva, regarda vers le ciel, secoua d'un geste leste et soigné son chasse- mouche, cracha de nouveau sur le sol et parla dans une langue étrange en psalmodiant. Puis quand il eut fini, il interrogea le chasseur et son épouse rentrée des plantations, leur demanda s'ils n'avaient pas aperçu la vieille Madjinou.

Ils répondirent non, et le jeune garçon était abattu et éploré.

La nouvelle de la disparition fortuite de la vieille Madjinou s'était répandue dans tout le petit village de Goundou. Et tout le monde s'était réuni sur la grande place du village, près de la case du grand chef Ntsima. Ils discutèrent des heures durant et s'en allèrent.

La nuit tomba inopinément et indésirable. Elle invitait les hommes et leur famille à rentrer et à allumer devant leur case respective une torche indigène saupoudrée de sel, pour chasser tout esprit malveillant qui viendrait à s'aventurer dans le cercle du village.
Mikonga voulu partir à la recherche de sa tante. Mais le grand chef Ntsima le retint et ce dernier ne put s'empêcher de garder ses larmes qui tombaient en gouttes sur le tricot vieillot, du grand chef qui ne savait pas comment réconforter le petit garçon.
Ce dernier convoqua quelques villageois et leur ordonna de repartir dans la forêt noire et taciturne munis de torches, de machettes aiguisées et de fusils de chasse.
Le grand chef convia Mikonga à passer la nuit dans sa case mais ce dernier déclina l'invitation et lui répondit qu'il était judicieux pour lui de coucher dans sa case au cas où sa tante reviendrait dans la nuit. Le grand chef approuva la sagesse d'esprit du petit enfant et le confia à un adulte pour plus de prudence et de sureté.

Le jeune garçon prit le chemin de sa case accompagné d'un homme robuste et brave. Le sentier qui conduisait à la case de Mikonga était entrecoupé de palmiers abattus pour la récolte du vin de palme et surpeuplé d'arbres fruitiers sauvages.

Ils arrivèrent enfin à la case et constatèrent que celle-ci était entrouverte, une torche indigène brulait en éclat au milieu de la petite cour de la case et Mikonga s'écria…

- C'est tante ! Elle est rentrée !

Madjinou sortit de la case épuisée par sa journée rude et pénible.
Elle fut surprise de voir son petit Miko, dont elle s'inquiétait de la disparition.

- Où étais-tu Miko ?

C'est ainsi qu'elle appelait affectueusement son petit neveu.

- Je t'ai cherché partout et j'étais très inquiète. Je m'apprêtais à consulter les mânes en croyant qu'il t'était arrivé malheur.
- J'étais chez le grand chef Ntsima, voyant que tu ne rentrais pas de la source, je me suis affolé et j'ai couru en direction du chemin qui mène à la

case du grand chef pour lui signaler ta disparition.
- Tu as bien fait Miko ! Et pardonne-moi de t'avoir mis dans cette situation embarrassante.

L'homme venu accompagner le petit garçon, demanda à partir et salua tout bas Madjinou.

Cette dernière lui donna la bénédiction du chemin et s'en alla dans l'ombre de la nuit sourde et craintive.

Madjinou raconta alors à Mikonga sa mésaventure dans la forêt.

Couché sur son lit, le visage éclairé par la petite mèche de la lampe tempête il écoutait attentivement sa tante qui avait allumé sa pipe et se tenait affalée sur un vieux fauteuil en liane, revêtu de peau de gazelle…

- J'ai pris mon chemin comme tous les matins pour la source. Et je suis arrivé au pied du gros arbre, où coule la source et là je fis la rencontre d'un étrange homme qui me tournait le dos et me demandait à boire. Apeurée et vigilante, je pris un peu d'eau dans ma calebasse et je la lui ai donné. Il me recommanda de poser le bol d'eau sur un petit roc et ensuite de me retourner sans essayer de regarder son visage voilé. Il prit le bol, but toute l'eau et me remercia puis à cet instant il disparut.

- As-tu vu son visage ?
- Non, au moment où je m'étais retourné, il n'était plus là, et j'ai ressentis aussitôt un grand vent balayé le feuillage des arbres.

 Alors je remplis de nouveau ma calebasse et je repris mon chemin. Puis de nouveau je fis la rencontre d'une femme aux cheveux longs.
L'air fatigué et très avancée en âge. Elle fredonnait un chant étrange. Elle me demanda à boire sans me montrer son visage et voulut que je me retourne en posant ma calebasse devant elle. Elle but toute l'eau de la calebasse et disparut. Je fus contrainte de rebrousser chemin et je repartis une fois de plus à la source. Je pris un autre sentier qui conduisait à la source. Je marchais sans me rendre compte que je m'enfonçais progressivement dans la forêt interdite et là près d'un grand rocher blanc je vis une grande clairière où jaillissait de l'eau aussi pure que le regard d'un nouveau-né. Je m'approchais avec prudence le visage blanchi par l'éclat de cette source inaltérée qui m'invitait à la boire. Et là près de cette source je vis de petites pierres lumineuses. Je les ramassais et j'entendis une voix sourde qui me disait de les jeter dans ma calebasse d'eau. Puis devant moi se dressait une entité étrange sans visage, sans expression, comme une ombre blanche et

rayonnante elle me tendit une pierre plus étincelante et plus grosse que celles que j'avais déjà. Elle m'invita à me retourner en direction du levé du soleil qui grimpait le long du ciel.

Et là, je vis un troupeau d'éléphants blancs qui se baignaient et se ressourçaient comme après une longue marche. Puis, j'entendis comme un grondement de tonnerre et tout disparut sous mes yeux et je me retrouvais là près de ma case…

- Waouh ! C'était fascinant ! Tu as rencontré les éléphants blancs toi aussi ! Donc ils existent tante, Sont-ils réels ?
- je ne saurais te le dire Miko, mais ils avaient l'air plus vrais que toi et moi.
- Ce sont les génies de la forêt tante, ils la protègent.
- Comment le sais-tu, qui te l'a dit ?
- C'est le vieux Ntsima, le grand sage du village. Il connaît beaucoup de choses et il m'a raconté l'histoire de la tortue et le singe qui voyageaient à la recherche des génies. Mais il n'a pas terminé de me la raconter. C'est une histoire merveilleuse tante…
- Je vois, fais attention à toi, prends garde à ce vieillard, tu m'entends Miko !
- Pourquoi tante Madjinou, il est gentil, le vieux Ntsima

- Méfie-toi du vieux pilon que l'on croit usé
- Qu'est-ce que ça veut dire, tante ?
- Je te demande juste d'être méfiant.
- D'accord, tante Madjinou, je serai méfiant.
- Viens, je t'ai fait de la bouillie de manioc aux arachides grillées.
- Je sens que je vais me régaler
- Va, d'abord prendre ton bain du soir, l'eau est déjà bien bouillante, tu rajouteras un peu d'eau froide des calebasses pleines. Allez ! File te dévêtir.
- A vos ordres chef !

Mikonga heureux d'avoir retrouver sa tante Madjinou criait sa joie dans toute la maisonnée.
La nuit était tombée depuis longtemps. Le petit garçon de la ville s'était couché avant le chant mystérieux de la chouette maléfique que l'on nommait « Tengou ».
La pluie s'entendait fortement de l'intérieur de la petite case. Il tombait un gros orage qui arrachait les arbres robustes et le vent violent cognait sans cesse sur la vieille porte et les fenêtres brisées de la case voisine. Mikonga s'était réveillé brusquement après le craquement d'une branche tombée sur la toiture de la case. Et constata que sa tante était éveillée.

- Tu ne dors pas tante Madjinou ?
- Non, j'écoute parler la nuit, le ciel est en colère…
- Pourquoi et après qui le ciel est-il en colère, tante ?
- Après les hommes et ce qu'ils font de la nature, ils ne respectent rien du tout…Et toi, pourquoi t'es-tu réveillé, tu as fait un cauchemar ?
- Non, tante Madjinou, j'ai entendu un bruit étrange qui m'a fait sursauter de mon lit. Qu'est-ce que c'était, tante ?
- Rien de bien grave, Miko ! C'était une branche cassé qui est tombée sur la vieille toiture de paille de la case.
- Ah, je vois ! Comme c'est étrange !
- Quoi donc, Miko ?
- J'ai comme l'impression d'avoir déjà vécu ce moment…
- Comment ça !
- Je me réveillais brusquement et je te voyais là, assise près de la lampe tempête, le visage fixé vers tes cauris, tu consultais sans doute les signes du temps et je t'ai interpellé comme à l'instant…
- Tu sais Miko, ce sont des choses encore complexes pour toi, pas à cause de ton jeune âge, car il n'y a pas d'âge pour la connaissance, mais pour ton esprit encore fragile et innocent. Il arrive effectivement que l'on revive certaines images ou

scènes, d'aucuns parlent d'images de vie antérieure.
- Vie antérieure !
- Oui, dans le cas de la réincarnation, c'est-à-dire, une autre vie, après celle que l'on a vécu, on peut avoir des images qui nous reviennent en flash, en court instant, qui nous donne une impression de déjà vu, de déjà vécu.
- Je comprends tante, alors je crois que j'ai déjà vécu avant cette vie.
- Et comment t'appelais-tu ?
- Je l'ignore…

D'un air enjoué, Madjinou regardait son neveu Miko avec beaucoup d'amour et de fierté. Soudain !
On frappa à la porte. Curieux et effrayé, le petit Miko s'empressa de demander à sa tante, qui pouvait venir cogner à la porte à cette heure de la nuit où l'orage courroucé s'abattait sur le village endormi.

- Qui frappe à cette heure-ci tante ?
- Je ne le sais point, Miko. Reste là et surtout ne bouge pas tant que je ne suis pas de retour…

Madjinou jeta une fois de plus ses cauris, les observa longuement, l'air anxieux puis se leva en les ramassant. Elle sortit un chapelet blanc d'un nœud de son pagne et le mit autour du cou de Miko, elle lui sourit et sortit de la chambre qu'elle referma de l'extérieur. Un grand cri se fit entendre au dehors dans la nuit froide et humide et aussitôt, le silence s'installa et l'orage disparut.

Mikonga, était resté tourmenté par le cri étrange et inconnu qu'il avait entendu et s'interrogeait sur ce qui se passait hors de sa chambre.

Il entendait plusieurs pas dans la maison et des voix sourdent qui retentissaient en écho dans la case.

Il serra très fort son oreiller et se mit à prier avec ferveur, puis une heure après il s'endormit…

Le jour s'était levé en chant orchestral. Ici on entendait chanter les oiseaux, là des coqs guillerets, plus loin des canards et des pintades empressés de retrouver la lumière du jour pour chercher, dans le sol encore boueux, des vermisseaux.
Mikonga se réveilla et vit devant lui le vieux Ntsima, qui se tenait debout, l'air inquiet.

- Comment vas-tu fiston !
- Bonjour grand chef Ntsima ! Où est tante Madjinou ? Que faites-vous ici ?
- Que s'est-il passé dans la nuit fiston ?
- Je ne sais pas, quelqu'un a frappé à la porte, tante est allée voir et après j'ai entendu un grand cri, puis des voix sourdes, j'avais tellement peur que je me suis assoupi en priant. Où est tante Madjinou ?
- Nous ne le savons pas…
- Comment êtes-vous entrés, alors que la porte était fermée de l'extérieur par tante…

- C'est la voisine de ta tante, la vieille Suzanne, qui a trouvé ces clés près de la porte d'entrée. Personne ne l'a vu et nous espérons qu'il ne soit rien arrivé à ta tante.
- Elle a encore disparu ?
- Je ne peux rien te dire fiston. Lave-toi le visage et suis- moi. Tu resteras

chez moi jusqu'à ce qu'on retrouve ta tante.
- Non ! Tante a dit qu'il ne faudrait pas que je me déplace, elle rentrera, elle m'a recommandé de l'attendre.
- Je comprends bien fiston ! Mais ta tante a disparu, je ne sais si tu mesures l'ampleur de la situation. Et cette fois-ci, je crains que cela soit plus grave que la fois dernière.
- C'est- à-dire, que lui est-il arrivé, est-ce grave, grand chef ?
- Nous avons retrouvé le foulard et le pagne que portait ta tante Madjinou. Et des traces d'une lutte confuse. Mais assez étrange tout de même, car ce ne sont pas des pas d'hommes qui étaient marqués sur le sol encore humide et plein de boue mais des pas d'animaux.
- Des pas d'animaux, était-ce des bêtes sauvages ?
- Non ! Petit, c'était des pas d'éléphants.
- Des pas d'éléphants dans le village, comme c'est étrange, grand chef !
- Comme tu le dis, mon enfant, c'est bien étrange ! les éléphants ne viennent jamais jusqu'au village. Enfin… nous allons éclaircir cette histoire. Allez ! Habille- toi et suis-moi, j'ai du bon lait de vache trait ce matin, de l'une des vaches de mon

troupeau et du pain chaud venu du débarcadère fait par un de mes fils boulanger. Aimes-tu le pain, fiston ?
- Oh, oui grand chef !
- Alors, tu vas te régaler, car mon fils est le meilleur boulanger de la contrée. Il a appris le métier avec les missionnaires qui ont construit la grande chapelle du village. Il y a déjà plus de dix ans.

Le vieux Ntsima et Mikonga marchèrent jusqu'au petit village

- Comme les années s'effacent à vol d'oiseaux. Et le temps ne change pas mais nous fait vieillir. Qui sommes-nous fiston, pourquoi nous existons et où allons nous ? Interroge la nature et les génies pour connaître ton chemin, car le jour ne dure que le temps d'un soupir et la nuit nous cache du regard de la vraie nature.
Marche debout fiston sans égarement, c'est avec ta conscience éveillée que tu suivras ton unique chemin.
- Grand chef Ntsima !
- Oui fiston !
- Pourquoi avez- vous toujours ce chasse mouche qui ne vous quitte presque jamais et ce gros collier d'ivoire autour de votre cou. Et ces stries sur vos poignets, aussi sur votre front qu'est-ce que c'est ?

- Ta curiosité est comme le feu des premières semences en saison sèche. Ecoute et tu apprendras, viens à l'initiation et tu comprendras, la vie est un long enseignement et chaque jour est un grand soleil de mystère. Quand vient le crépuscule tout vit et quand s'éveille l'aube tout s'endort.
- Je voudrais apprendre, grand chef !
- Apprends d'abord à écouter le chant du silence…

Ils marchèrent jusqu'au petit village voisin, où vivait le chef Ntsima. Les villageois accoururent et vinrent s'enquérir de la situation. Le grand chef confia le petit garçon à une de ses épouses et lui ordonna de lui donner à manger et de veiller sur lui. Puis il convoqua un grand conseil de sages au corps de garde.

Un villageois souffla sur la corne pour convier tous les habitants du village et ceux des villages lointains. La nouvelle de la disparition de la vieille Madjinou se répandait partout dans la contrée jusqu'au débarcadère.

D'aucuns disaient qu'elle avait rejoint les génies car plus jeune elle avait été recueillie dans la forêt par des chasseurs après être partie y camper avec ses parents disparus depuis ce jour.

Le soleil se couchait timide et morose dans les yeux de Mikonga. Il avait la couleur d'or et de feu. Il pensait à sa famille restée en ville dont il n'avait pas eu de nouvelles depuis son arrivée au village. Il était fils unique et espérait toujours avoir une petite sœur pour lui apporter son amour de fratrie.

Le village se bondait de monde, le conseil des sages avait débuté. Le grand chef assit sur un siège de liane tissé, donnait la parole aux différents sages installés en demi- cercle. On parlait de la disparition étrange de la vieille Madjinou.

Il y avait une dame âgée qui distribuait des noix de kola aux vieillards et crachait sur leur front et sur le creux de leur tête une poudre humectée de couleur de cendre d'écorce.

Elle avait de grands yeux ronds qui scintillaient et un visage raviné par les blessures du temps et le travail ardu des champs de bananes et de tubercules de manioc. C'était la doyenne du village on l'appelait l'ancêtre ou encore la mère des mères, Disoumbi. Elle était au commencement des choses, elle connaissait le langage des arbres, des plantes, des animaux, de la forêt, elle était la première femme à avoir vu l'homme blanc et celle qui avait trouvé la seule source du village.

La palabre débutait en chant de liturgie, une fumée blanchâtre et grisâtre volait en tourbillon sur la place où se concertaient sages et villageois.

Mikonga impatient et silencieux regardait de la fenêtre la cérémonie qui s'animait en danse rythmée et scintillait par les torches indigènes et des bottes de raphia en braise, des danseurs aux allures d'esprits possédés. Les batteurs de tambour s'exaltaient à la vue des femmes qui esquissaient des pas de danses en remuant avec délicatesse leur tour de hanche.

Et le crépuscule s'était fait l'hôte indésirable du petit village. Des jeunes filles, calebasse et bassinet d'eau sur la tête, rentraient du ruisseau, les seins nus, plantureux. Elles attiraient du regard certains hommes qui leur lançaient des paroles amènes.

La veillée se poursuivait en cercle restreint, certains villageois nettoyaient leur lampe et fusils pour la partie de chasse nocturne, réservée exclusivement aux grands initiés. D'autres partageaient dans la lueur terne d'un luminaire à huile une bonbonne de vin de canne. Le bruit des timbales avait laissé place aux concerts tapageurs des locustes. Mikonga emporté par une accablante fatigue et une journée tumultueuse sommeillait les bras couchés sur le rebord intérieur de la fenêtre. Murmurant le nom de sa tante Madjinou. Une des femmes du grand chef Ntsima vint le réveiller et l'invita à partager le plat du soir. Une bonne assiette de purée de manioc râpé avec des grains d'arachides grillées.

- Tiens mon enfant cette soupe chaude te fera du bien. Il faut manger et prendre des forces. Et des forces un homme en a toujours besoin.
- Merci tantine !

Dis Mikonga, d'un air penaud

- appelle- moi Georgette !
- Merci Georgette ! Vous êtes très gentille. Dites combien de femmes a le chef Ntsima, et quel âge avez-vous ?
- Tu es bien curieux toi, petit garnement pour ton jeune âge. Mais tu es docile et charmant. Alors, sache que le grand chef Ntsima a douze femmes.
- Douze femmes ! Et combien d'enfants a-t-il Georgette ?

- Vingt six, dont seize garçons et dix filles.
- C'est incroyable ! Et dire que mes parents ne veulent pas me faire une petite sœur.
- Ils ont bien une raison particulière mon garçon, un enfant ça ne se décide pas comme si on allait faire des courses au petit marché.
- Je sais Georgette, mais je me sens trop seul à la maison avec papa et maman. Ils sont souvent occupés et moi je n'ai personne avec qui jouer.
- Et pourquoi voudrais-tu une petite sœur ?
- Pour que maman arrête de me faire essayer ses petites robes qui lui viennent de son arrière- grand- mère.
- Je vois…

Quelques heures après, le silence s'installait totalement dans le village Le vieux Ntsima entra dans la pièce où se trouvait Mikonga, il s'était assoupi dans les bras de Georgette qui lui chantait des comptines. A l'approche du vieux Ntsima le moutard se réveilla et demanda des nouvelles de sa tante.

- Grand chef Ntsima, avez- vous des nouvelles de tante Madjinou ?
- Nous irons demain à l'aube fouiller la forêt de fond en comble et je te

promets qu'on la retrouvera, maintenant il faut dormir la nuit sera courte et va trouver les rêves ils t'apaiseront, tes yeux sont lourds et tu as besoin de repos.
- Bonne nuit chef Ntsima !
- Bonne nuit mon garçon !
- Bonne nuit Georgette !
- Bonne nuit mon enfant, que les anges du sommeil te protègent
- Et merci pour la soupe de manioc, c'était délicieux !
- Tu es ici chez toi…
- Chef Ntsima !
- Oui mon garçon !
- Pourrais-je venir demain avec vous dans la grande forêt ?
- Tes jambes sont encore fragiles, elles ne te supporteront pas longtemps. La brousse est grande et périlleuse, dors à présent mon garçon, il te faut prendre des forces si tu veux sauter de joie sur ta tante quand on la retrouvera.
- Merci chef Ntsima, bonne nuit !
- Dors bien mon bon garçon…

Tout en murmurant, l'air pensif, haletant :

- Demain est un autre monde qui se lève.
Georgette ! Veille sur cet enfant comme s'il était le tien. La nuit nous

reprochera son assistance, dors sans fermer tes pressentiments, le ciel noir et le vent froid annoncent une tempête. Je serai dans la grande pièce des totems, si tu souhaites me voir, mais n'entre pas la tête nue et les pieds habillés. Garde- toi de me toucher avant de m'avoir appelé par mon nom d'initié.
- Oui mon chéri !
- Tu peux ranger la soupe, je dois rester à jeun jusqu'au scintillement du troisième rayon de soleil.

Le chef Ntsima entra dans une pièce sombre et referma derrière lui la porte sans poignée. Il alluma une vieille lampe tempête et s'assit à même le sol sur un vieux linceul noir. C'était une pièce lugubre avec des figurines étranges, des reliques étaient disposées en cercle dans une panière. Posés sur un vieux bahut en liane, des morceaux d'écorces séchés, des racines de plantes. Des masques aux visages de divinités étaient accrochés sur les cloisons de la chambre. Et devant lui, un grand miroir couvert par une étoffe blanche. Il posa sur une assiette crayeuse emplie d'eau, une bougie luminescente et ferma les yeux. Il serra très fort son chasse mouche à la main droite et proféra des paroles d'hermétisme. Un vent d'une force étonnante sortit du miroir et il fut habité de transe. Il eut un grand bruit sourd puis des éclairs et le silence s'installa comme une nuit de cérémonie funèbre. Soudain, un être d'une étrangéité sortit du miroir. Il avait un visage d'homme et de femme, un corps opalescent et flamboyant, trois bras de chaque côté, des yeux sur chaque main et des grandes racines à la place des pieds. La créature parlait une langue inconnue avec une voix d'homme qui se terminait par celle d'une femme.

Les yeux des mains étaient ardents, et des larmes de feu coulaient à chaque fois que la voix féminine se laissait entendre. La pièce s'était transformée en forêt sinistre et comme par enchantement la doyenne du village apparut près du chef Ntsima tout de blanc vêtue. Leva son bâton vers la créature et lui parla dans ce langage inconnu et insolite. Puis des éclairs surgissaient dans toute la pièce et des grondements de tonnerre résonnaient dans le village entier. Il eut un long cri effroyable, ineffable et après la créature, la forêt et la doyenne du village Disoumbi disparurent dans un tourbillon noir.

Le chef Ntsima s'était levé, il referma le miroir de l'étoffe, éteignit la bougie sur l'assiette et se coucha, dans un petit coin de la pièce, sur une natte avachie.

Dès les premiers frémissements de l'aurore, le chef Ntsima, la doyenne Disoumbi et certains villageois et chasseurs de renom se réunirent sur la grande cour du village. Fusils en main, arc et sagettes en bandoulière. Couteaux de chasse attachés autour des reins. Tout était minutieusement préparé pour se rendre dans la grande forêt à la recherche de Madjinou, la tante de Mikonga, qui depuis deux lunes et deux soleils avait disparu. On sonna la corne sacrée qui annonçait le grand départ. Enfants, adultes, vieilles femmes et vieillards, tous accouraient sur la place pour saluer du regard les hommes volontaires qui prenaient la route de la forêt mystérieuse.

Mikonga s'était levé après que la cour bondée de monde s'était vidée. Elle avait laissé place aux gamins dévêtus, les pieds enflés de chiques et autres plaies incurables qui attiraient des bourdons. Certains jouaient aux billes, d'autres gambadaient sur des cordelettes élastiques. La matinée sonnait son heure

de clarté féerique et apportait un peu de vie, d'épanouissement dans ce village.
Il alla trouver Georgette, l'une des femmes du chef Ntsima chez qui il trouvait un véritable réconfort. Celle-ci s'était levée à l'aube pour les corvées matinales et avait préparé de la bouillie de manioc pour les chasseurs qui s'étaient rendus dans la brousse à l'aurore écarlate à la recherche de la vieille Madjinou.
Elle invita ainsi Mikonga à prendre son petit déjeuner et l'informa du départ du chef Ntsima et des chasseurs.

- j'aurais souhaité partir avec eux dans la grande brousse, ma tante me manque énormément...

Dit le petit garçon.

- je sais mon enfant, elle nous manque, à tous, ici dans ce village. C'est une femme brave, qui vit sans tracas et participe au rayonnement de cette contrée. Voilà pourquoi le chef Ntsima fera tout ce qui est nécessaire pour qu'on retrouve ta tante.
- Je le souhaite vivement Georgette ! J'ai pas du tout dormi de la nuit, j'ai prié sans cesse jusqu'au premier chant du coq. Et je n'ai pas pu retenir mes larmes de solitude et de chagrin.

J'ai repensé à elle, la revoyant tricotant, la pipe sur le flanc de sa bouche, ou le midi pilant les bonnes boulettes de bananes. Et fumant avec finesse la peau délicieuse du pangolin. Ces moments de partage et de joie me manquent. Puis-je avoir, encore, un peu de cette délicieuse purée Georgette ?
- Bien entendu mon garçon, tant que tu en voudras…
- Merci, c'est gentil ! Attention bientôt il n'y en aura plus dans la marmite à cause de moi.
- Rassure-toi il y en a toujours et à volonté !
- A quelle heure rentreront- ils de la brousse, le sais-tu Georgette ?
- Certainement au crépuscule s'ils ne parviennent pas à retrouver ta tante. Mais cela, j'en doute car ils fouilleront la forêt de fond en comble. Allez termine ta soupe et tu pourras m'accompagner cueillir des feuilles de manioc et de tarot pour le repas de midi.
- Et pourrait-on aussi cueillir quelques fruits sauvages ou couper des cannes à sucre ?
- Si tu me promets de sécher tes larmes encore visibles sur tes yeux.

- Je laverai mon visage et je te promets de ne plus pleurer, trois doigts au ciel !
- Alors tu pourras choisir les fruits et les plus belles cannes à sucre qui te plairont. Viens ! Le soleil pointe déjà dans le ciel. Nous devons être de retour avant que les femmes parties à la pêche ne rentrent au village.
- J'arrive, Georgette, Je mets juste mes babouches…me voilà je suis prêt, nous pouvons y aller.
- Peux-tu boutonner ta chemisette et t'essuyer la bouche, tu as de la soupe qui dégouline…
- C'était tellement bon que j'en ai mis partout sur moi.
- Ça c'est sur ! Allez, on y va, tiens porte- moi ce petit panier, il est fait à ta taille…
- Oui, je vois, pourrais-je le porter au retour Georgette ?
- si tu le souhaites, je n'y vois aucun inconvénient.
- Merci Georgette !

Et ils s'en allèrent par un petit sentier, derrière le corps de garde, machette en main et panier au dos, ouvrant les sillages parsemés d'herbette et de frondaisons.

Mikonga paraissait radieux, il devenait moins anxieux, auprès de Georgette qui lui apportait un peu de soutien et d'affection. Ils marchèrent longtemps, puis arrivèrent au premier champ de bananes de Georgette. Là on n'y trouvait des régimes de bananes de toutes formes et de toutes sortes. Elle coupa un régime de bananes douces, et le mit dans son panier. Elle détacha une banane déjà mûre et la tendit à Mikonga. Celui-ci s'empressa de la manger avec beaucoup de plaisir.

- Puis-je en avoir une autre, s'il te plaît Georgette, elle était très bonne.
- Ce sera la dernière car nous ne sommes pas encore arrivés à la plantation de manioc.
- Oui la dernière ! Merci !
- Asseyons-nous un moment, je dois enlever les mauvaises herbes qui poussent autour des jeunes bananiers.

Soudain ! Un hérisson traversa le champ à toute allure et se faufila entre les petits buissons et les ramures.

Mikonga l'avait aperçu et s'écria :

- Georgette ! Georgette ! Regarde un rat !
- Ce n'est pas un rat Mikonga ! C'est un hérisson !
- Un hérisson !

- Oui ! c'est vrai que tu n'en a jamais vu. Il y en a beaucoup par ici et encore plus dans la grande forêt.
- Est-ce loin la grande forêt Georgette ?
- Non pas très loin, il suffit de prendre l'autre sentier, traverser la grande rivière par le rivage et descendre ensuite vers les petites collines en écoutant le chant des singes tapageurs. Le chemin est très périlleux seuls les chasseurs et certains hommes habiles peuvent s'aventurer dans cette forêt sombre.
- Y es-tu déjà allée ?
- Non ! certaines femmes oui, celles qui sont initiées.
- C'est quoi être initié ?
- C'est appartenir à un rite, une coutume ancestrale. As-tu vu les femmes danser lors de la grande veillée au village ?
- Oui !
- C'était des femmes initiées, elles peuvent pressentir des situations à venir ou des évènements et communiquer avec les génies de la forêt et aussi avec les morts.
- Waouh ! Comment elles font pour parler avec les génies ?
- Je ne le sais pas car je ne suis pas initiée et si je l'étais je n'aurais pas le droit de te le révéler. Allez ! Assez papoter, reprenons notre destination,

la route est encore longue et il fait de plus en plus chaud. Tiens bois un peu d'eau pour te rafraîchir. Et mouille aussi ta tête le soleil est assez fort.

Ils reprirent leur chemin saluaient sur leur passage, certains villageois qui abattaient des arbres afin de préparer un nouveau champ à labourer. Mikonga s'émerveillait autour de cette flore qu'il découvrait avec curiosité et étonnement, lui le petit citadin, petit enfant de la ville qui n'avait jamais vu la grande savane. Lui qui rêvait d'animaux sans les connaître.
Après des kilomètres, ils arrivèrent enfin à la grande plantation de manioc. Elle s'étendait à plus de mille mètres de long et on se perdait dans les fouillis des feuilles de tubercules de manioc. Et des éparses pousses de tarot.
Georgette invita Mikonga à déraciner les tubercules de manioc enfouis entièrement dans la terre limoneuse. Celui-ci tout excité creusait la terre pour sortir de gros rhizomes. Joyeux, il prenait du plaisir à le faire et interpellait à chaque fois Georgette, lorsqu'il en déracinait quelques uns.
Les dernières lueurs de soleils se déversaient sur le lit du grand fleuve et peignait un paysage lointain admirable et divin. On entendait en écho les abatteurs d'arbres qui scandaient des chants de

bravoure. Les paniers furent remplis de feuilles de tarots et de manioc mais aussi de tubercules. Mikonga alla couper des cannes à sucres et cueillir des fruits sauvages après avoir terminé de ramasser des branchettes de bois pour le feu du soir au village.
- Ne t'éloigne pas trop Mikonga ! Nous allons bientôt rentrer, le soleil a perdu son éclat et la sirène de la vieille scierie du village a déjà retenti, c'est l'heure où les femmes qui sont allées à la pêche s'apprêtent pour le retour…
- Je ne m'éloigne pas Georgette, je ramasse les cerises sauvages près du gros arbre là…et je reviens.
- Fais attention aux fourmis magnans si elles te piquent tu auras très mal !
- Oui Georgette, je fais attention ne t'inquiète pas !

Sans s'en rendre compte, Mikonga s'enfonçait dans la forêt, tête baissée. Il continua à ramasser les fruits sauvages tombés après le gros orage de la veille. Un quart d'heure passa, Georgette inquiète interpella Mikonga. Ce dernier ne répondît pas. Apeurée elle insista, cria de toute sa vigueur. Mais elle n'entendait que l'écho rythmé de sa voix frêle. Elle se mit ainsi à suivre les pas ouatés, laissés par le petit garçon. Mais hélas, après des heures de marche et de recherche effarouchée, elle se rendit à l'évidence que Mikonga avait disparu dans la petite forêt près des champs de tubercules de manioc. Affolée et anxieuse elle reprit le chemin du village pour alerter les villageois et son mari le grand chef Ntsima.

Les chasseurs partis à l'aube du village rentraient comme fatigués par de longues heures de marche. Le grand chef Ntsima discutait discrètement avec certains villageois restés, pour leur rendre compte des recherches qui n'avaient pas abouti et Madjinou demeurait toujours introuvable. Les femmes, elles aussi rentrées de pêche installaient sur la grande cour du village les gros silures et les carpes plantureuses qu'elles avaient attrapé à la nasse. Chacune des familles apportait une calebasse pour le partage du produit de la pêche.
Le village s'animait et le grand feu du soir sur la place de la palabre invitait vieillards, hommes, femmes et enfants à partager un peu de chaleur et surtout ces grandes sagesses que disaient avec art les conteurs venus parfois des villages lointains.
Le soir tombait subrepticement dans les cases illuminées par les lampes tempêtes. Ici un enfant mettait du pétrole dans le socle de la lampe pour allumer la mèche imbibée, là-bas une vieille femme isolée le regard racorni nettoyait le verre fissuré de sa torche.

Les derniers chants du coq qui saluaient le retour des chasseurs résonnaient dans tout le village et on entendait aussi bêler les moutons que l'on rentrait dans les enclos.

Georgette arriva enfin au village après des heures de route, paniers au dos le visage en larme et l'émotion meurtrie. Elle poussa un grand cri qui alerta le village entier et se jeta sur la cour en se roulant sur la glaise asséchée et poussiéreuse. Des femmes accoururent lui porter soutien. Le grand chef Ntsima qui était toujours en pourparler fut informé de la situation. Il arriva devant la foule curieuse qui s'était formée en cercle et interpella sa femme. Cette dernière après s'être calmée, raconta sa mésaventure. Certaines femmes poussèrent des cris affolées par la nouvelle de la disparition brusque du petit garçon. Le chef Ntsima convoqua de suite un grand conseil et réunît dans la nuit, des chasseurs volontaires pour aller à la recherche de Mikonga dans la petite forêt des champs. On souffla dans la nuit la corne des ancêtres pour annoncer le départ des chasseurs volontaires. Le chef Ntsima affaiblit par l'âge ne put se joindre aux volontaires. Il leur donna quelques consignes et leur proféra des bénédictions. Ils étaient une dizaine d'hommes à avoir accepté de partir à la recherche du jeune garçon égaré dans la petite forêt. Les femmes de ces derniers les accompagnaient jusqu'à la sortie du village, l'air anxieux…elles les voyaient disparaître dans l'obscurité verdoyante de la forêt.

Le chef Ntsima bouleversé marchait en direction de sa case les mains en croix dans le dos, le visage acrimonieux, l'air pensif. Remuant de temps en temps son chasse-mouche. Il retrouva dans la grande pièce de sa demeure la plus âgée de ses épouses qui râpait, dans un coin, des tubercules de manioc séchés. Il la salua et lui demanda où se trouvait Georgette la plus jeune de ses épouses. Elle lui recommanda de s'asseoir et lui tendit avec amour et humilité un bol de vin de palme.

- Tiens cher époux ! C'est du vin de palm, sans écorces amères, que les ouvriers de la palmeraie ont apporté en fin d'après- midi.
- Ah ! Merci, comment est-il ?
- Mieux que les précédents, ils ont pu recueillir plus de vingt litres, très tôt le matin. La vente sera favorable.
- Humm ! Tu as raison ! Ce vin est très bon. Ils ont fait du bon travail…
- Et toi comment tu vas ?
- Pas très bien, nous n'avons pas retrouvé la vieille Madjinou et comme si cela ne suffisait pas le petit Mikonga a également disparu dans la petite forêt alors qu'il était avec Georgette.

Je ne comprends plus les signes, suis-je trop vieux pour ne plus appréhender les présages. Faudrait-il que je tende l'arc aux plus jeunes, à ma progéniture... tout me semble confus et mes rhumatismes qui me mandent de ne plus pousser l'effort. Je vieillis ma chère femme. Je ne suis plus ce jeune homme fort et courageux, ce vaillant guerrier d'autrefois, du temps des colons et des guerres ethniques, celui qui, au front tout seul, par les pouvoirs mystiques des miens, a repoussé les peuples de l'autre rive, qui ont longtemps martyrisé les nôtres. Vois-tu chère femme, je partirais l'âme soulagée mais avant je me dois de retrouver cette vieille femme et son neveu.

- Crois-tu qu'elle soit encore en vie, après cet orage violent qui s'est abattu sur notre village la nuit dernière ?
- Oui je le crois, je sens encore son souffle dans l'air et sa voix qui interpelle mon esprit. Mais j'ai peur pour le gamin, cet enfant si pur, si sage de conscience. J'entends les cris de sa tourmente dans la nuit froide et mystérieuse...
- Vont-ils le retrouver, les chasseurs repartis dans la brousse ?

- Ils marchent derrière ses pas mais la nuit me cache son visage et les génies de la forêt ont entendu les cris de détresse du petit garçon. L'aurore nous témoignera.

Le chef Ntsima se leva et alla dans l'une des pièces de couchette. Il trouva Georgette assise sur une natte, priant en sanglot. Il s'approcha d'elle et la serra très fort dans ses bras.

- Tu n'es pour rien dans la disparition de cet enfant. C'était écrit, et j'aurais pu te mettre en garde. Sèche tes larmes à présent et essaie de reprendre des forces, tu as l'air très pâle. Les chasseurs le retrouveront sois rassurée.

Elle essuya ses larmes avec un foulard posé sur ses genoux, regarda son mari et d'une voix humide et éplorée lui demanda pardon. Elle se jeta sur lui les bras enroulés à son cou, et lui murmura dans l'oreille qu'elle ne pourra pas trouver sommeil tant qu'on ne retrouvera pas le petit garçon.
Il la rassura une fois de plus et l'invita à se coucher.
Au dehors on entendait des battements de tambours et des chants de danses rituelles. Une veillée était donnée pour accompagner les chasseurs qui étaient partis dans la nuit à

la recherche de Mikonga. La soirée s'animait et s'étendait jusqu'à l'aube.

Dès les premières lueurs du jour, le village s'éveillait timidement. Les femmes s'étaient levées pour nettoyer la grande cour poussiéreuse. Et la place à la palabre où il eut la veillée de danses et chants rituels. Il y avait encore quelques villageois qui jusqu'au petit matin discutaient et buvaient du vin de palme et certains jeunes initiés s'entretenaient avec leurs maitres spirituels. Les chasseurs partis la veille n'étaient pas encore de retour. Il y avait comme un climat d'incertitude et d'anxiété qui planait dans tout le village. On aperçut de nombreuses voitures passées venant du débarcadère. Avec à leur bord certains touristes, des gens venus de la ville mais aussi des villageois qui étaient allés vendre leur marchandise au port de la grande ville à Djiman. Les enfants accouraient à la vue des voitures qui passaient et klaxonnaient, laissant à leur passage une grosse nuée de poussière qui s'envolait dans l'air chaud et léger et disparaissait dans le ciel azur. Il faisait un temps agréable. Une petite brise traversait le village et continuait sa course vers la forêt. Le vieux Ntsima sortit enfin de sa case et salua le jour d'un geste presqu'habituel, en s'agenouillant au sol, le visage et les mains rivés vers le soleil.

La vieille et doyenne du village Disoumbi se tenait devant sa case. Elle venait s'enquérir des nouvelles de la disparition du petit garçon. Elle confia au chef Ntsima qu'elle avait fait un rêve sombre sur lui. Et qu'il fallait qu'il s'acquitte de sa dette mystique…

- La nuit m'a révélé ton châtiment chef Ntsima, d'ici trois lunes, si tu ne donnes pas au grand cercle mystique ton dernier fils, ils enverront la silhouette noire dans ta demeure
- Qu'ils osent défier mon autorité, ils me trouveront en chemin, je me suis déjà acquitté de ma dette.
- Le sang n'était pas de ta lignée
- Pourquoi alors, ne l'ont-ils pas refusé ?
- Je suis porteuse de ce présage c'est à toi de lire et interpréter les signes. Je m'en vais sans me retourner, efface les pas derrière- moi…

Le vieux Ntsima cracha sur le sol sa colère et alla rejoindre quelques vieillards assis au corps de garde.

Les rayons du jour déchiraient les branchages et les frondaisons des hauts arbres de la petite forêt. Mikonga se réveillait de sa longue et pénible nuit. Le visage effaré. Il avait trouvé refuge sous le creux d'un géant arbre et bénissait le ciel de l'avoir

gardé en vie. Il s'était nourri de fruit sauvage qu'il avait ramassé la veille et s'était assoupi à la tombée de la nuit après avoir marché longtemps dans la brousse cherchant à retrouver le chemin du village.
Il se lava le visage au bord d'un ruisselet et reprit les sentiers de broussaille disparate. Il marcha avec prudence et inquiétude, les pieds engourdis sur la terre humidifiée. Apeuré par les cris stridents des singes et les bruits étranges et inconnus de la forêt, le petit garçon traversait les pistes sombres et hasardeuses. Il arriva au bord d'un grand lac mirobolant. Il fut saisi d'éblouissement. L'eau était d'un jaune ambré. Et les rayons de soleil se fondaient en éclat de merveille. On aurait dit que le jour y prenait sa toilette pour s'enluminer. Mikonga restait là, fasciné, admiratif, contemplatif, il se laissait bercer par le chant d'oiseaux inaccoutumés qui sonnait en lui comme une mélodie pleine de charme. Il les cherchait du regard mais se perdait dans la clarté inouïe des papillons aux grandes ailes qui glissaient sur l'eau et vibrionnaient dans l'air coloré et féerique.
Il vit sortir de l'eau un arbre gigantesque qui s'effaçait dans le ciel.
Et soudainement, il entendit une voix. Il se retourna et vit une silhouette disparaître dans les feuillues. Il eut une grande frayeur mais se ressaisit. Il avança avec fermeté près du lac mystérieux, ses yeux scintillaient de curiosité. Il trempa ses mains dans l'eau

flavescente du lac et à ce moment précis des éléphants d'un blanc éclatant apparurent en demi-cercle sur le rivage. Ils étaient une dizaine, chacun d'eux portait un olifant de couleur coruscant sur le front. Un des éléphants s'avança vers le petit garçon, celui-ci effarouché, s'évanouit.
Un être étrange sortit de l'eau, tel un génie à la forme humaine. Il avait un visage sans expression, un regard absent, des yeux lactescents, un nez en forme de ventouse des cheveux aussi longs que des attelles de lianes, une démarche féminine taciturne, un corps chatoyant au reflet de soleil. L'être étrange prit l'enfant et le porta sur le dos d'un des éléphants et ils disparurent dans la nature sous l'air chaud du midi.

Au village les chasseurs rentraient quinauds, fatigués du long périple dans la brousse sauvage et dangereuse. Certains se jetaient sur le sol sec et rêche en déposant armes et grands couteaux de chasse. D'autres regagnaient leur case et leur famille. Le chef Ntsima qui attendait impatiemment le retour des chasseurs, assit avec les anciens au corps de garde, se leva et alla les rejoindre. Il s'enquit de la situation et comprit par la posture des chasseurs qu'ils n'avaient pas retrouvé Mikonga, ni la vieille Madjinou. Georgette qui nettoyait les feuilles mortes tombées du vieux citronnier aperçut son mari près des chasseurs et d'un signe de la main demanda s'ils avaient retrouvé le petit garçon, celui-ci répondit non de son chasse-mouche. Elle laissa tomber le ballet fait de tiges de branches de palmier et courut en sanglots vers les petits jardins de piments et de gombos situés à l'arrière plan du village. Un des fils ainé du chef Ntsima courut après elle. Le village entier était empli de grisaille et d'affliction. On entendait des pleurs de vieilles femmes s'élever dans le lointain et les psalmodies des anciens qui interrogeaient sans cesse les cauris et les amulettes jetés sur une peau séchée et percée d'un léopard. Plus personne n'osait croire encore à l'espoir de retrouver la vieille dame et le petit garçon en vie.

La nouvelle de la disparition de La vieille Madjinou et de son neveu Mikonga gagna toute la contrée, les villageois des villages voisins et éloignés venaient pleurer celle qui était pour eux, une femme brave et solitaire. Le chef Ntsima s'empressa sous le conseil des anciens d'organiser les obsèques de la vieille femme et du petit garçon. Des tentes furent dressées. Les femmes apprêtaient des costumes de raphia pour les cérémonies de veillées et de danses funéraires mais aussi préparaient de grands repas pour accueillir de nombreux convives. Deux buttes de bois, représentant les disparus furent érigées, pour les bruler, afin, de permettre le voyage des âmes des dits défunts. On s'appliquait pour que la cérémonie soit à la mémoire de

celle qu'on appelait affectueusement la vieille Madjinou.
Tout le monde s'activait, le village se transformait petit à petit. Les batteurs de tam- tam qui avaient fait le voyage des villages lointains arrivaient pour la veillée et saluaient certaines connaissances qu'ils avaient perdues de vue depuis plusieurs années. Et le village se bondait de monde au fur et à mesure que le soleil effectuait sa course inlassable vers les petites collines où à la tombée du jour, il s'éclipsait anxieusement dessinant à l'horizon des fresques aux couleurs foisonnantes et mirobolantes.

Pendant qu'au village on apprêtait la cérémonie de veillée funèbre. De l'autre côté, très loin dans la forêt, Mikonga se réveillait et constata qu'il était porté sur le dos d'un éléphant. Celui-ci voyant que le petit garçon avait repris connaissance lui dit :

- N'aie pas peur Miko ! Tu es en sécurité à présent. Garde sérénité.

Le petit garçon resta stupéfait d'entendre parler l'éléphant, mais aussi s'interrogea t-il, car seule sa tante Madjinou l'appelait ainsi.

- Comment se fait-il que vous parlez, un animal ça ne parle pas le langage des hommes ?
- Ne t'es-tu pas également posé la question de savoir si c'était toi qui comprenais et parlais le langage des animaux, mon petit Miko…
- Seule ma tante m'appelait ainsi, comment vous connaissez mon petit nom, aviez- vous rencontré ma tante, elle a disparu du village il y a plusieurs jours…et personne ne l'a retrouvé même pas les chasseurs qui ont fouillé la forêt entière pendant des jours et des nuits.
- Es-tu sûr qu'ils ont fouillé la forêt entière comme tu le dis ?
- Oui bien sûr et même que le chef Ntsima était avec eux…
- Le chef Ntsima !
- Oui le grand chef du village.
- Je ne l'aurai pas cru…
- Comment ça ?
- Non ! Non ! Rien je me parlais à moi-même. Voilà nous sommes arrivés.
- Waouh ! Qu'est-ce que c'est ?
- C'est notre tanière, sois le bienvenu dans l'antre secrète des génies de la forêt, Miko. Ici est notre vie. Ce que tu verras tu ne l'as jamais vu et tes yeux se refermeront après, quand tu sortiras d'ici.

Mikonga fut émerveillé par ce qu'il voyait. L'éléphant le descendit de son dos par sa trompe et le troupeau entier se transforma. Ils prirent tous une apparence humaine. Et lorsque Mikonga se retourna de l'éléphant qui l'avait porté il fut pris de stupeur et d'étonnement. C'était la vieille Madjinou qui se tenait face à lui. Il resta tétanisé et sauta de joie sur sa tante qui laissait glisser quelques larmes de bonheur sur ses joues ravinées. Le petit garçon pleurait à chaude larme comme pour remercier Dieu de lui avoir rendu sa tante bien aimée. Et de l'avoir gardé en vie pour partager ces instants de bonheur inimaginable.

Mikonga découvrait l'antre des génies et tous ses mystères. Il fut surpris par la féerie de l'endroit et des génies qui y vivaient. Tout était d'un blanc éclatant et beau. Toutes les demeures se ressemblaient, tous avaient ou presque le même visage, on aurait dit qu'ils venaient de la même lignée. Ils étaient vêtus d'une étoffe rare à la fois comme la douceur d'un velours et la blancheur d'un lainage pur. Les génies hommes se distinguaient des femmes de par un poinçon d'or sur leur menton nu. Ils avaient tous des cheveux très longs qui se roulaient sur les galets de diamants. Les toitures des maisons étaient faites de chaumes en cristal. Il y avait des arbres faramineux dont les racines étaient à découvert et se reliaient avec celles des autres arbres. Mikonga n'en revenait pas, sa tante Madjinou avait rajeuni de plusieurs années après avoir traversé la grande cascade d'eau qui cachait l'antre. Les enfants génies avaient des visages de lumière on ne percevait pas leur frimousse, ils jouaient à des jeux étranges et se déplaçaient à la vitesse du vent. Dans le lointain on pouvait apercevoir un arbre plus haut que tous les autres dont les branches et les feuillées touchaient le sol. Son écorce semblait être de la peau humaine et sa sève était du sang.

De nombreux génies étaient assis autour de l'arbre avec des paniers emplis de fruits de toutes sortes. Et près de l'arbre coulait un petit ruisseau.

- Regarde Miko ! Vois-tu cette eau qui coule et revient vers sa source. C'est l'eau de vie. Elle est là depuis la création. Seuls ceux qui ont un cœur d'amour peuvent s'y abreuver.
- Un cœur d'amour !
- Oui, un cœur d'amour, car l'amour vois-tu, est le plus grand des enseignements de notre horde. Sans l'amour il n'y aurait pas de vie, sans l'amour il n'y aurait pas d'harmonie, sans l'amour, il n'existerait pas de

création. Les hommes ont enfanté le mal sur terre, nous sommes les gardiens de l'essence terrestre, nous sommes au commencement de la création, nous sommes la création... Malheureusement tu ne peux comprendre certaines choses car tu n'es pas des nôtres et ton souffle est encore frêle. Sois un homme demain, tu verras comment marche la créature le jour et comment elle se couche au crépuscule.
- Tout cela me parait incompréhensible, tante, j'ai comme l'impression d'être dans un rêve. Même si tout me semble réel.
- Viens ! J'ai quelque chose à te montrer.

Mikonga suivait sa tante ébloui. Il contemplait et admirait tout ce qui était autour de lui. Tous les génies qu'il rencontrait le dévisageaient. Il était pris d'effroi...

- N'aie pas peur et sourit à chaque visage qui te salue. Nous n'aimons pas les hommes car ils tuent la nature et détruisent la création. Ils savent que tu n'as pas le cœur des hommes. Ton esprit est pur c'est pour cela qu'ils t'ont protégé quand tu t'es égaré dans la forêt et que tu as dormi sans

incident jusqu'au lever du jour. Sinon tu n'aurais pas survécu.
- Ce sont eux qui m'ont alors protégé ?
- Oui, et crois- moi mon enfant tu as beaucoup de chance. Les miens sont très durs avec les hommes. Nous les appelons le peuple sot. Ils ne respectent pas les leurs, ils n'ont pas d'amour pour leur prochain, ils tuent leur semblable pour des pierres précieuses, échangent leur vie pour de l'argent et le pouvoir. Ils ont perdu foi en la création et ignorent d'où ils viennent. Le chemin vers la sagesse n'est souvent pas aussi loin qu'on le croit. c'est à la nuit tombée qu'ils se rendent compte qu'ils n'ont pas recueilli au jour un peu de soleil pour éclairer leur demeure…
Nous y voilà, regarde Miko !
- C'est magnifique ! Qu'est- ce que c'est, tante ?
- Cette grande boule de feu posée sur ce rocher de diamant noir est l'âme des génies.
- L'âme des génies !
- Oui, tous les génies de cette forêt sont reliés à elle, comme les racines de tous les arbres d'ici. Voilà pourquoi à ma mort ceux de mon clan sont venus chercher mon âme…
- A ta mort ! De quelle mort parles-tu, tante ?

- Viens ! Miko, je t'expliquerai tout cela dans la demeure des miens. La nuit approche et il n'est pas bon pour toi d'être dehors, il y a certaines choses que ton esprit ne peut supporter de voir.

La vieille dame cueillit une plante après avoir prononcé quelques paroles incantatoires et recommanda à Mikonga de la garder sous sa langue sans la mâcher et l'avaler.
Le soir tombait inopinément dans l'antre des génies, un clair de lune fascinant illuminait toutes les allées et leur demeure entière. Le petit garçon avait retrouvé sa tante mais ne comprenait rien à ce qu'il était entrain de vivre. La vieille Madjinou lui raconta ainsi ce qui s'était passé la nuit de sa disparition brusque…

- C'est le vieux Ntsima et deux villageois qui l'accompagnaient qui m'ont enlevé cette nuit et m'ont tué dans la brousse, ils ont enterré mon corps près d'un arbre à écorce rouge, après m'avoir coupé la langue et arraché les yeux…
Le vieux Ntsima n'ignorait pas mon lourd secret et connaissait les pouvoirs qui étaient les miens. Il n'a jamais accepté le fait que les villageois me choisissaient pour des soins et me demandaient sans crainte, de protéger leur demeure et leur

famille. Il n'aurait pas pu te toucher car il avait besoin de toi pour justifier de sa bonne sympathie et montrer à tous qu'il t'a recueilli chez lui pour ne pas éveiller les soupçons d'un assassinat. Mêmes les anciens du village sont corrompus car eux aussi voulaient ma perte. Tu sais une femme qui tient tête aux hommes et qui détient des secrets de l'autre monde et l'autre vie n'est pas vue d'un bon œil dans ce village et même dans toute la contrée. Car les secrets de certains rites et croyances sont détenus par les hommes seuls et moi je suis une exception, ces pouvoirs me viennent de mes aïeuls. J'ai vu ma mort, la veille de mon enlèvement mais il fallait que je me laisse mourir pour te sauver. Tu ne pourras pas comprendre même si je te l'explique. Mais je suis très contente que tu sois là.

- Dis tante, est-ce que cela veut dire que tu ne pourras plus rentrer au village avec moi ?
- Je ne pourrais plus rentrer au village Miko, ma place est auprès des miens. Eux aussi ont longtemps attendu ce moment pour que nous puissions vivre en famille, en harmonie, loin de la cruauté des hommes et de leur désir plus grand que le monde. Tu seras un homme sage Miko, un

homme d'une grande intelligence, tu auras du respect et de l'amour pour tes semblables. Tu défendras le bien, comme seule vertu. Tu prospéreras et ta famille aussi. Tu auras une progéniture qui poursuivra tes ouvrages et tu célèbreras le bonheur. Car tu as été choisi parmi tant d'autre. Ton cœur est bon et ta foi sera grande. Ton chemin à ce jour est pavé de bonté.

- Mais moi je ne veux pas que tu disparaisses…
- Je serai toujours à tes côtés Miko, crois- moi, je ne te quitterai jamais. Tiens, prends ce collier, porte- le à ton cou, et garde- le précieusement. Tes parents sont inquiets car ils ont reçu la nouvelle de ma disparition et de la tienne. Au village en ce moment il célèbre une veillée funéraire, pour toi et moi, car tous au village te croient aussi mort. Demain dès les premiers rayons du jour deux chasseurs te retrouveront au pied d'un arbre près du ruisseau du village voisin. C'est ton grand oncle Bissiélou qui est parti de la ville ce matin et sera là demain à l'aube qui te ramènera auprès de tes parents. Quand on te demandera où tu as eu ce collier, tu répondras simplement que tu l'avais gardé avec toi depuis la nuit où je fus enlevée. Il

te protègera des maléfices, des sorciers et des personnes qui voudront te faire du mal... mange à présent la nuit sera longue et après je te raconterai une très belles histoire.

Mikonga avait retrouvé son sourire d'enfant guilleret et s'émotionnait à chaque regard de découverte. Scrutait avec une lueur blanche dans les yeux, chaque objet sacré et étrange qui ornait la pièce dans laquelle il se trouvait. Il avait un grand appétit et mangea tout ce que lui avait donné sa tante. Un petit génie vint le voir et s'installa face à lui. Mikonga l'observait avec éblouissement et émoi. Il interpella ce dernier qui ne réagissait pas. Ses yeux brillaient tellement qu'ils aveuglaient le petit garçon qui restait tout de même enthousiaste. Il lui fit des grands gestes de ses mains pour lui dire qu'il était ravi de faire sa connaissance, mais le petit génie ne réagissait toujours pas. Mikonga se mit à admirer ses longs cheveux qui jonchaient le sol. A ce moment entra Madjinou, elle parla au petit génie dans une langue étrange et celui-ci sortit de la pièce en esquissant un sourire à Mikonga.

- Elle s'appelle Mingana, qui signifie la lune dans la langue des génies. Elle t'apprécie énormément. Si tu étais un génie tu aurais fait un bon compagnon pour elle.

- Elle est très belle !
- Oui, elle est très jolie !
- Dis, tante quel est ton nom en langue des génies ?
- Kédinamouni.
- Qu'est-ce que ça signifie ?
- L'aube nouvelle.
- C'est un très beau nom.
- Il faut dormir maintenant…
- Tu as dis que tu devais me raconter une histoire avant de me coucher.
- Tu as raison, viens près de moi…

Mikonga se laissait charmer par le récit fabuleux de sa tante. La nuit sonnait ces airs au parfum de chants insolites. Sombre, Obscure, profonde, confuse, elle parlait en silence aux génies, elle se révélait aux initiés et dansait sur les plaines maudites et les collines de mystères. Elle s'offrait à la forêt, recouvrait les rivières d'un noir luisant. Belle, craintive, intrépide et discrète, déchirant les éthers altérables et perçant les secrets des entités taciturnes. Elle se nourrissait des complaintes des hommes et du désespoir des djinns... La nuit se dévoilait dans son occultation, caressait les foliations et les pacages d'un vert- obscur. Et s'inclinait sous le regard flamboyant d'un clair de lune.

Au village, la veillée s'animait en pourparler, les deux tas de bosquets symbolisant la vieille Madjinou et le petit garçon, s'embrasaient et scintillaient dans l'obscure atmosphère et quelques chants funèbres s'élevaient en chœur en ton mélancolique. Certains anciens venus des contrées lointaines et quelques villageois ne partageaient pas l'idée de cette cérémonie funéraire. Ainsi, la palabre se poursuivait rude et ardue. Ils reprochaient au chef Ntsima et à ses proches de n'avoir pas mis assez de moyens nécessaires pour élucider la disparition de la vieille femme et celle du petit enfant perdu dans la forêt. Et ces derniers trouvaient inadmissible de célébrer une veillée mortuaire sans corps et sans la présence des parents et des proches des disparus. Les discussions se prolongeaient jusqu'au crépuscule auréolé d'étoiles rêveuses. Les danseurs et les batteurs de tambours s'impatientaient dans leurs costumes séniles et leurs maquillages d'apparence respectable. On ne chantait plus, on écoutait pondéré, sans prendre parti, les inculpations, les reproches, les frondes et les affronts, créant ainsi, l'annulation de la cérémonie funèbre. Certains chefs et sages des villages voisins ordonnèrent aux chasseurs et aux hommes volontaires de reprendre les recherches dès le lever du jour, en fouillant de fond en comble la forêt.

Le chef Ntsima anxieux et prit de colère quitta l'assistance, exhorta quelques villageois sous son autorité à ne pas repartir dans la forêt, puis se dirigea vers le chemin de sa case.
La foule venue pour la cérémonie se dispersait petit à petit. Femmes et enfants regagnaient les cases limitrophes. Ceux qui venaient de très loin ne purent repartir dans la nuit agitée. Ils s'installaient sous les tentes érigées pour la circonstance, assis ou couchés sur des nattes traditionnelles. Certains villageois épris de festivités buvaient et bambochaient sans se soucier d'autrui. Ils confabulaient et entonnaient faussement des airs de chants rituels. Les anciens consternés les regardaient avec mépris et consternation, ainsi, disaient-ils : « comment pensent-ils éduquer leur progéniture avec de tels comportements déshonorants ». Certaines femmes étaient restées pour servir à manger et à boire aux invités qui venaient des environs et des régions lointaines. Ils restèrent là, jusqu'aux derniers chants d'oiseaux nocturnes et aux

premiers chants des coqs du village. On aperçut les premières lueurs de l'aube dessinées sur les toits de chaumes des taches étincelantes. L'air était froid, il planait dans le ciel encore assoupit des hirondelles en groupe indocile. Et d'autres oiseaux chemineaux clivaient le firmament comme un cortège d'aéroplanes.

> La nuit tumultueuse avait laissé place au jour, le village dormait à l'heure où certains éveillés prenaient une tisane chaude pour se revigorer. Les premières voitures des voyageurs arrivant se faisaient entendre en coup bruyant et répété de klaxon. L'oncle de Mikonga descendait d'une des voitures avec un fusil de chasse sous l'épaule et un sac à la main. Il interpella un petit garçon qui jouait dans la cour et celui-ci de la main désigna la grande place à palabre. Il s'avançait vers les anciens et les saluait dans un dialecte local. Il se présenta à eux et s'informa de la situation de son neveu Mikonga et de la vieille Madjinou. Il fut ainsi informé de la disparition de ces derniers et demanda à partir dans la forêt avec les chasseurs volontaires qui s'apprêtaient. On sonna la corne pour annoncer le départ des chasseurs.
> Ils étaient une dizaine à prendre les sentiers aléatoires de la grande forêt. Couteaux et machettes à la main ils

coupaient les frondaisons sur leur passage et tailladaient les herbages encore humides. Certains criaient le nom du petit garçon dans l'espoir qu'il l'entende. Ils marchèrent pendant des heures sans relâche, le torse à demi-nu, plein de sueur, sans sandale, les pieds lourds imprégnés de gadoue. Le visage indure, le regard cramoisi et moite.
Ils sifflotaient et chantaient dans la forêt silencieuse et sinistre. Des grands arbres couvraient les sentiers abstrus. Un des chasseurs entendit un craquement de buissons, il fit signe aux autres qu'ils étaient en présence de troupeaux de sangliers ou d'éléphants. Ils s'avancèrent tout doucement vers une clairière qui donnait sur une éparse étendue de rivière asséchée. Et ils aperçurent un troupeau d'éléphants qui disparaissaient sous les hauts arbres. Ils chargèrent leur fusil et certains tirèrent avec empressement. Ils se mirent à poursuivre le troupeau en fuite et là, près d'un gros arbre aux racines externes, un des chasseurs, trouva le petit garçon, couché, l'air éreinté. Béat et anxieux, il alerta les autres qui accoururent et se félicitèrent tous de la trouvaille. L'oncle de Mikonga souleva le petit garçon et le réveilla. Il psalmodia une courte prière, lui tendit ensuite une gourde d'eau et lui donna un bout de pain qu'il avait ramené de la ville.

Tous les chasseurs voulaient s'assurer qu'il allait bien et le touchèrent sans trop l'exténuer.

Ils firent une litière avec des lianes et des éclisses nattées pour le transporter. Deux chasseurs robustes portèrent ainsi la litière sur leurs épaules et reprirent tous le chemin du village, chantonnant un air d'allégresse. Mikonga ravi d'avoir vu son oncle Bissiélou, lui esquissa un grand sourire et lui serra très fort la main.

La vieille Madjinou et les autres génies qui avaient assisté discrets aux retrouvailles du petit garçon et des chasseurs les regardaient partir et s'effacer dans la forêt. Ils regagnèrent après leur tanière secrète.

Le soleil tapait sur les cranes nus et chauves des chasseurs, ils rejoignirent bientôt le grand bassin où les femmes du village faisaient leur lessive. Celles-ci à la vue des hommes transportant le petit garçon, poussèrent des cris de joie et d'euphorie. Elles abandonnèrent toutes leur besogne pour venir saluer du regard le petit garçon retrouvé. Mais les chasseurs ne s'arrêtèrent guère et continuèrent leur marche vers le village qui se rapprochait. Les femmes qui avaient terminé leur lavage rentraient au village avec le cortège de chasseurs. Et les jeunes filles qui se baignaient s'essuyaient hâtivement montrant leurs seins nus et puérils qui luisaient sous le soleil ardent et douceâtre.

Les chasseurs arrivèrent enfin au village où de nombreuses personnes les attendaient en tambour et en fanfare.

Ils furent accueillis comme des héros et leurs femmes vinrent les embrasser et saluaient par des cris d'allégresse leur entrée glorieuse dans le village.

Le chef Ntsima alerté par le bruit des femmes au dehors, sortit de sa case pour savoir ce qui se passait et grande fut sa stupeur et son étonnement lorsqu'il vit le petit garçon dans les bras de son oncle. Georgette sortit également de la case, le visage guilleret et délesté, elle courut en direction de Mikonga. Ils s'embrassèrent, elle laissa glisser de son visage radieux quelques larmes d'émotion que le petit garçon essuya discrètement. Le chef Ntsima voulut s'approcher de Mikonga mais celui-ci, se retourna vers son oncle et le serra contre lui. Il fut abasourdit de voir que le petit garçon portait à son cou le collier qu'avait la vieille Madjinou lorsqu'elle fut assassinée. Prit de frayeur il interpella ses complices qui le remarquèrent eux aussi. Ils s'isolèrent derrière le village. Il eut une petite cérémonie organisée en l'honneur de l'enfant disparu et retrouvé dans la grande forêt. D'aucuns disaient que c'était un enfant choisi par les génies de la forêt pour avoir survécu tant de jours dans la brousse sauvage et périlleuse. Les anciens lui firent un bain de feuilles et d'écorce, dans une cuvette d'eau parfumée. Ils y versèrent un peu de vin, de la liqueur forte, de la limonade et aussi une poudre d'écorce séchée, pour purifier son corps qui avait traversé les dangers nocturnes et mystiques de la grande forêt.

La cérémonie rituelle de Mikonga se faisait dans un cercle vicieux pour éviter les esprits malveillants qui viendraient à la ternir. Sous le regard attentif de son oncle Bissiélou qui s'y connaissait aussi, car il appartenait à la grande société traditionnelle initiatique. Et c'est à cette raison que les parents de Mikonga lui avaient confié la charge de se rendre au village afin de connaître les raisons de sa disparition accidentelle. Le rituel terminé, le petit garçon était recouvert de poudre blanche de kaolin. Il portait un cache sexe en raphia. Sur son torse et ses poignets il avait des petits stries encore béants, couverts d'une cendre noire.

On lui crachait une écorce sacrée, sur le front et sur le milieu de la tête en guise de bénédiction. On lui fit ensuite asseoir sur de larges feuilles de bananier et devant lui était posé un couteau traditionnel en forme de hansart. On lui demanda s'il se souvenait de ces nuits passées dans la forêt. Mais le jeune garçon répondit qu'il ne se souvenait de rien. Et lorsque certains sages initiés s'interrogeaient sur l'origine de son collier, il leur dit, qu'il l'avait avec lui avant qu'il ne se perde en forêt et que c'était un cadeau de sa tante qu'elle lui avait donné dès son arrivée au village. On lui fit un petit festin. Sous les regards hagards des gamins aux ventres ballonnés.

Des femmes lui apportèrent des plats de viandes, de la banane, de la soupe de tarot et du vin sucré. Il mangea sans se soucier des anciens qui l'entouraient et des jeunes filles qui venaient l'admirer.

Derrière le village, le chef Ntsima et ses acolytes étaient anxieux. Ils craignaient que le petit garçon soit informé du crime qu'ils avaient perpétré à l'endroit de la vieille Madjinou. Ils complotaient en sourdine et n'arrivaient pas à trouver un compromis. Un d'eux, craignant les représailles des anciens voulut tout avouer au grand conseil des sages se disant qu'il pourrait bénéficier d'une peine réduite pour ses aveux. Mais le chef Ntsima le réprimanda et le menaça de tuer toute sa famille s'il venait à révéler quoique ce soit de cette nuit tragique qui avait coûté la vie à la vieille Madjinou. Ils revinrent ainsi au village et épièrent les faits et gestes du petit garçon et son oncle. Les anciens prirent congé, de même les villageois des contrées lointaines qui étaient venus pour la veillée mortuaire. Le village se vidait petit à petit et les tentes furent enlevées par certains hommes aidés de leur fils. Mikonga et son oncle Bissiélou prirent aussi congé et regagnaient la case de la vieille Madjinou afin de récupérer certaines affaires d'elle et du petit garçon qui ne se souvenait toujours pas de ce qu'il avait vécu dans la forêt. Il demanda à son oncle des nouvelles de ses parents. Celui-ci lui répondit qu'ils étaient très inquiets de sa disparition et qu'ils avaient hâte de le revoir et de l'embrasser. Et qu'une surprise l'attendait là-bas à la ville.

Le chef Ntsima qui les regardait partir se frottait les mains et esquissait un sourire malicieux sur le coin de la bouche. Il se précipita de rejoindre ses complices et décidèrent de repartir dans la nuit à l'endroit où ils avaient tué et enterré la vieille Madjinou. Ils furent tous d'accord et se donnèrent rendez- vous à la brune.

Le village était calme par cette après-midi, de saison sèche. Pas d'enfants jouant sur la grande cour, pas de femmes récurant marmites et autres ustensiles de cuisson. Les hommes dans un coin assis sur des tabourets de tronc d'arbre, jouaient à un jeu, fait de bambous concaves joints, divisés en brèche, contenant des petites pierres qu'ils déplaçaient de leur main et déposaient avec dextérité et hardiesse dans chaque creux. Le quotidien recouvrait ses airs de journée bucolique. On entendait seuls les coqs courir après les poules domestiques en chant de séduction et paradaient leur plumage multicolore.

Mikonga et son oncle, le soir arrivé, prirent la voiture pour se rendre au débarcadère où ils devaient embarquer dans un bateau pour Djiman. On pouvait voir une ambiance animée sur le vieux port de Goundou. Il y avait des marchandises de toutes sortes. Des tas de régimes de bananes, des sacs de tubercules et de tarots que certains commerçants allaient vendre à la ville. De la viande de brousse fumée et fraîche. On y retrouvait des singes, des antilopes d'eau douce, des gazelles, des crocodiles, des gros serpents, des pangolins, des hérissons, de la carpe et des silures, mais aussi des tortues et des perroquets gris, que les chasseurs attrapaient dans la forêt pour les vendre à certains touristes blancs de la ville qui les ramenaient fièrement dans leur pays. Mikonga et son oncle avaient peu de bagages, ils s'installèrent sur le toit du bateau qui offrait un espace vaste et confortable. Ils couchèrent sur une paillasse et appréciaient de la haut, la vue du port entier et le rivage de l'autre

côté peuplé de palétuviers et d'herbe fluviale.
Le bateau se chargeait et le port s'animait de plus en plus. Certains voyageurs appréciaient encore avant le départ les délices du débarcadère. Ici, on buvait du vin de palme, là, on mangeait de la viande fumée, découpée en morceaux, que les autochtones appréciaient et plus loin on dégustait du poisson cuit au feu de bois dans des feuilles de bananier. La simplicité de vie se lisait dans chaque visage d'enfant épanouit, dans chaque rire de femmes joyeuses, dans chaque lever de gobelet pour saluer le dernier bidon de vin. Mikonga disait au revoir du regard à cette belle nature, à ce beau paysage, à cette grande forêt mystérieuse, à ces génies dont il avait oublié l'existence, à sa tante Madjinou qui lui avait donné beaucoup d'amour, à ces moments de joie partagée, à ces douleurs ouvertes de cette disparition tragique, à ce visage de péronnelle étrange qui lui souriait, perdu dans les méandres de sa mémoire, à ses vacances écourtées pleines de nostalgie précoce.
Le bateau sifflait pour annoncer son départ, le soleil à l'horizon scintillait de mille teintes. Une larme d'émotion ineffable coula le long du visage de Mikonga, le regard épris et perdu il leva la

main et saluait la foule en liesse qui voyait le bateau partir et disparaître lentement dans la brume épaisse et sombre du long fleuve.

Ils traversèrent des villages côtiers et contemplèrent sous le toit du bateau, à la belle étoile, le ciel constellé. Le voyage dura une journée entière. Mikonga demeurait pensif et silencieux. Il mangea peu et dormit durant tout le périple.

L'aube s'était levée sur le grand fleuve qui se jetait dans la mer remuante. Le bateau avançait à grande vitesse et on aperçut dans la brouillasse matinale la côte et bientôt le grand port de Djiman. Le bateau siffla pour annoncer son arrivée et les voyageurs impatients et déjà réveillés se précipitaient sur la façade du bateau. On pouvait apercevoir les cocotiers qui bordaient le long du port et certaines pirogues qui avaient quitté, la veille, les villages environnants de Goundou. Ils arrivèrent enfin au grand port de Djiman sous l'accueil chaleureux des habitants de la ville. On se bousculait avec hâte pour débarquer. Les matelots jetèrent l'ancre et lancèrent sur la bordure du port les cordages pour retenir le bateau sur le quai. Il faisait très froid. Le vent marin balayait la côte et dessinait sur le visage des gens, des coches blanchâtres. Mikonga aperçut du haut du bateau ses parents qui se tenaient debout perdus au milieu de la foule en débordement. Il leur fit de grands signes, ces derniers le virent enfin, tout agité, se tenant près de son oncle Bissiélou, qui s'étirait fortement. Eteignant et vidant sa pipe, qu'il rangeait soigneusement dans une des poches de son grand boubou. Puis ils descendirent et regagnèrent le quai. Mikonga se jeta sur ses parents, heureux de les retrouver et les embrassa.

Ils prirent leurs bagages, arrêtèrent un taxi et quittèrent le port de Djiman. Le petit garçon se retourna une dernière fois vers le grand bateau qui se vidait. Il le regarda longuement et se disait intimement que jamais plus, il ne reverra sa tante Madjinou. Sa maman lui annonça avec beaucoup d'émotion qu'elle était enceinte et qu'elle attendait une fille.

Mikonga sauta de joie et s'écria fièrement qu'il aura enfin une petite sœur. Son père lui demanda quel beau souvenir, il avait gardé du village et de son long voyage, à travers lagune et fleuve, le petit garçon laissa couler une larme chagrine qu'il essuya rapidement et sourit simplement à son papa.

A Goundou, on annonça dès l'aube, la mort étrange et brusque du chef Ntsima et quelques villageois, dont les corps vidés de sang furent retrouvés dans la grande forêt mystérieuse…

Merci, très précieux lecteur…

Du même auteur :

1) <u>LA GRANDE PALABRE</u>. Editions EDILIVRE APARIS, Juin 2010. (Théâtre)

2) <u>ENCRE NOIRE ET PLUME BLANCHE</u>. Editions EDILIVRE APARIS, Juin 2010. (Poésie)

3<u>) Mon cœur et mes amours oniriques</u>. Editions EDILIVRE APARIS, Août 2010. (Nouvelles)

4) <u>TAM- TAM ET CHANT POETIQUE</u>. Editions EDILIVRE APARIS, Août 2010. (Poésie)

5) <u>RIMES D'ENFANT</u>. Editions BoD, Août 2010. (Poésie)

6) <u>HYBRIDE ROMANCE et La complainte de la vierge souillée</u>. Editions BoD, Août 2010. (Théâtre)

7) <u>EXALTATIONS ET LAMENTATIONS</u>. Editions BoD, Septembre 2010 (Poésie)

8) <u>A FLEUR DE TEMPS</u>. Editions Baudelaire, Septembre 2010. (Poésie)

9) <u>UNE ETOILE DE PLUS « Serge Abess »</u>. Editions BoD, Juillet 2011. (Biographie)

10) BLESSURE ET BRISURE DE VIE. Editions BoD, Juillet 2011. (Poésie)

11) ECLATS LYRIQUES. Editions BoD, Juillet 2011. (Poésie)

12) LETTRES PARNASSIENNES. Co auteur Rodrigue Makaya Makaya, Editions BoD, Janvier 2012. (Poésie)

13) LA LAGUNE PERDUE. Editions BoD, Février 2012. (Poésie)